Una cena elegante

**Enjoy the Blue Skies Story Room.
Ask Us.**

Diviértanse en La Sala Enca tada.
Pida Información.

Kasza, Keiko
    Una cena elegante / Keiko Kasza ; traductor Ximena
García Chica. -- Bogotá : Grupo Editorial Norma, 2009.
    32 p. : il. ; 24 cm. -- (Buenas noches)
    Título original : Badger´s Fancy Meal.
    ISBN 978-958-45-1751-7
    1. Cuentos infantiles japoneses 2. Ambición - Cuentos
infantiles 3. Libros ilustrados para niños I. García Chica,
Ximena, tr. II. Tít. III. Serie.
I895.65 cd 21 ed.
A1200798

    CEP-Banco de la República-Biblioteca Luis Ángel Arango

Para todos mis amigos cuyas sugerencias y
críticas valoro tanto:
Elaine Alpnin, Marilyn Anderson, Patricia
Batey, Joy Chaitin, Angelene Kasza, Antonia
Kasza, Gregory Kasza, Julie Latham-Brown,
Stuart Lowry, Patricia McAlister, Elsa Marston
y Sarah Stevens.

Título original en inglés:
Badger's Fancy Meal
de Keiko Kasza

G.P. Putnam's Sons.
Una división de Penguin Young Readers Group.
Publicado por The Penguin Group.

Text and illustrations copyright © 2007 Keiko Kasza

© 2008 Editorial Norma en español, exclusivo para Latinoamérica y no exclusivo para
el mercado de habla hispana de Estados Unidos.
 Avenida El Dorado # 90-10, Bogotá, Colombia.

ISBN 978-958-45-1751-7

Primera edición: febrero, 2009

Impreso por Editora Géminis Ltda.
Impreso en Colombia

www.librerianorma.com

Traducción: Ximena García Chica
Edición: Ángela Cuartas Villalobos
Diagramación y armada: Patricia Martínez Linares
Elaboración de cubierta: Patricia Martínez Linares

C.C. 26000138
EAN 9789584517517

Una cena elegante

KEIKO KASZA

GRUPO
EDITORIAL
norma

Bogotá, Barcelona, Buenos Aires, Caracas, Guatemala, Lima, México, Miami, Panamá,
Quito, San José, San Juan, San Salvador, Santiago de Chile, Santo Domingo

La madriguera
de Tejón estaba
llena de comida,
pero él no estaba
contento.

—Manzanas,
lombrices y raíces... lo
mismo de siempre —suspiró—.
Quisiera comerme una cena
elegante para variar.

Entonces Tejón salió de su madriguera a
rastras y se puso ávido a buscar su cena elegante.

Muy pronto
Tejón espió
un topo
que pasaba
caminando.
    "Mmm...",
pensó. "¿Qué tal un taco de topo con salsa
picante? ¡Eso sí que sería una cena elegante!"

Se lanzó a agarrar el topo, pero este era demasiado escurridizo y resbala que se resbaló de las manos de Tejón. Luego se escabulló lo más rápido que pudo...

...y encontró un lugar
perfecto para esconderse.

Tejón quedó un poco
desilusionado, pero
no por mucho
tiempo pues muy
pronto espió una
rata que pasaba
caminando.

"Mmm-mmm...", pensó. "¿Qué tal
una hamburguesa de rata cubierta en
salsa de queso? Eso sí que sería una cena
elegante".

Se lanzó a agarrar la rata, pero ésta se zarandeaba demasiado y sacude que se sacudió de las manos de Tejón. Luego se escabulló lo más rápido que pudo...

...y encontró un lugar perfecto para esconderse.

Otra vez Tejón quedó un poco desilusionado, pero no por mucho tiempo pues muy pronto espió un conejo que pasaba caminando.

"Mmm–mmm–mmm...", pensó. "¿Qué tal un banana split de conejo cubierto con salsa de chocolate caliente? Eso sí que sería una comida elegante".

Se lanzó a agarrar el conejo, pero éste era demasiado veloz y brinca que brincó de las manos de Tejón. Luego se fue saltando lo más rápido que pudo...

...y encontró un lugar perfecto para esconderse.

¡Pobre Tejón! Había perdido tres cenas seguidas, y ahora tenía mucha, mucha hambre. Gritó:

—¡Tengo tanta hambre que me podría comer un caballo!

—¿Ah, sí? —dijo una voz malgeniada.

Tejón no podía creer su mala suerte. Justo allí, mirándolo con sarna desde su altura, había un enorme caballo con cara de bravucón.

—¿Tú, comerme a mí? —se burló el caballo—, no creo.

—¡Ahora largo y deja de molestarme! —y con eso el caballo lo mandó aaaaaaaaaalto por el aire de una sola patada.

Tejón voló...
y voló...
Y voló un poco más...

...hasta que... ¡TUN!

Aterrizó exactamente donde había
comenzado, en su propia madriguera.
—Menos mal, llegué a casa —exclamó
Tejón—. ¿Para qué quiero una cena elegante de
todas formas? ¡Tengo bastante buena comida
aquí mismo!

Pero Tejón se
equivocaba. Toda
su comida había
desaparecido. En su
lugar, lo único que
encontró fue una nota
que decía...

Apreciado Quienquiera que viva aquí,

Lamentamos haber entrado sin
invitación, pero nos perseguía un
tejón espantoso y no teníamos
dónde más escondernos.
Las manzanas, lombrices y raíces
estaban deliciosas.

¡Gracias por una cena tan elegante!